Каштанка
Kashtanka

A Bilingual Reader

By Anton Chekhov

Translation by Bob Blaisdell

Russian story originally published in 1887.

Russian language editor, Yuliya Ballou.

ISBN 978-1-880100-48-6
StoryWorkz, Inc.
73 Main Street, Suite 402
Montpelier, VT 05602
storyworkz.com

Anton Chekhov and his dogs Tuzik and Kashtan in Yalta, April 18, 1904.

Contents

Death Dogs Kashtanka
Chekhov and the Writing of His Most Famous Tale for Children

"Kashtanka" is Chekhov's story about a little red dog (*kashtan* means "chestnut") who, separated from her owner, is taken in by a "mysterious stranger" who has his own menagerie: a cat, a goose, and a pig. The stranger eventually trains Kashtanka, having dubbed her "Auntie," to participate in his circus act. At the circus, her former owner's son recognizes her, and she eagerly rejoins the boy and his father.

The story was published in a weekly St. Petersburg newspaper, *Novoye Vremya*, on December 25, 1887, at the end of the young doctor's busiest two years, wherein he transformed his alter-ego, the 25-year-old Antosha Chekhonte, writer of popular comic skits and stories, into the "serious" and widely lauded 26- and 27-year-old author of unprecedented short stories and plays, Anton Chekhov.

The story's original ironical title was "In Learned Society" ("В учёном обществе"), a phrase that does not occur in the story; Chekhov was annoyed when his editor and publisher Alexei Suvorin referred to it as "Kashtanka" in

its run-up to book publication. Chekhov understood that the multi-part story, about 5,000 words divided into four chapters, would make an attractive book for children. In its original form, "In Learned Society" was not designated as a children's story, but he was pleased to modify it slightly to make it more so. Several years later, having written another "children's" tale, "Whitebrow," he commented in a letter: "I lack the ability to write for children; I write for them once every ten years. I don't like what is known as children's literature; I don't recognize its validity. Children should be given only what is suitable for adults as well. ... It is better and more to the point to learn to choose the correct medicine and to prescribe the correct dosage than to try to dream up some special medicine just because the patient is a child."[1]

It took four years for Suvorin to start moving on the book, however, as he doubted it would have much of a sale. The publisher was quite wonderfully wrong; it was immediately popular in 1892 (Suvorin's own children gawked with amazement at Chekhov when he visited their home; this was the man who had created such a wonder, and they had named their own pets after the story's), and "Kashtanka" is still popular now. There are several editions in Russian in print. There are two full-length Russian-language cartoons of it as well as a good live-action Soviet-era feature available on YouTube. When I taught "Kashtanka" this past semester to my Brooklyn community college students, a young woman who had grown up in Haiti told me she had read the story already and it was her little sister's favorite. (She was referring to the gorgeous out-of-print picture book, translated and slightly adapted by Ronald Meyer, and illustrated by Gennady Spirin.)

Between its publication in *Novoye Vremya* and the book's publication, Chekhov revised the story; he divided the four chapters into seven and added a completely new episode that increased the length by 20 percent. As regards phrasing (or "dosage" as he put it in his metaphor about children's literature), he changed the original's only very slightly. In a scene wherein Kashtanka's

....

1. *Anton Chekhov's Life and Thought: Selected Letters and Commentary.* Translated by Michael Henry Heim. University of California Press, 1975. 372. [Letter of 21 January 1900.]

new owner the clown is rehearsing the goose to pull a string attached to a pistol, he goads the bird, "Now imagine: you have a passionately beloved wife. You return home from the club and find a friend with her."[2] Chekhov changed that situation to this: "Now imagine that you are a jeweler and you sell gold and diamonds. Imagine now that you go into your shop and find thieves in it." It is the book's only substantial rewriting. It bears repeating that Chekhov worked quickly but diligently on his stories, boiled them down and sharpened them before he sent them in. When he selected them for inclusion in books, he mostly only clipped off stray hairs; for his late-life "collected edition," he simply left out more than 500 of Antosha Chekhonte's less good skits and stories.

The greatest and most mysterious thing that happened to "In Learned Society" when it became "Kashtanka" is Chekhov's addition of a new episode, one of the most eerie and affecting scenes in all of his many volumes of creative work: the death of the goose Ivan Ivanych. In the original, the goose is disabled by having been stepped on by a horse during one evening's performance. He does not die, but his injury leads to the clown substituting the eager and willing Kashtanka (now "Auntie") to take the goose's place at the performance, which then brings the dog into the coincidental view of her former owner. In the revised version, Ivan Ivanych's death is slow and painful, and the animals react with apprehension. Kashtanka keeps feeling the presence of an "invisible" stranger in the room. The surly and lazy cat, Fyodor Timofeyich, named after the Chekhov family's own surly cat, is weirdly affected. In the courtyard below, Khavronya Ivanovna, the pig, snorts fearfully.

What happened? We know that by the age of 24, Chekhov already had the tuberculosis that would kill him at 44. By 1892, when he was 32, he had had regular bouts when he would cough blood. He refused to diagnose himself with tuberculosis, but he diagnosed it in others. While his medical practice

----

2. «Теперь представь, что у тебя есть горячо любимая жена. Ты возвращаешься из клуба и застаешь у неё друга дома.»

had become a sideline, he knew his business. If he himself had apprehensions of death, he didn't express it to friends or family, but we do see some of his characters shaking in their boots.

※

In the midst of recently translating this story, I discovered the answer or an answer to something my students had asked about: if Kashtanka was abused by Luka Aleksandrych and was then happy in her new environment, why does she go back to the joiner and his son Fedyushka, by whom she was kicked, cursed, and harshly pranked?

Before I pored over the Russian, I didn't have a good answer for my students or myself except that she's a dog, and all of us know humans who willingly, seemingly happily, go back into abusive relationships and jobs. What I discovered, as I crawled back and forth over the story, is the depth of the pleasure of Kashtanka's life at the joiner's: "She remembered Luka Aleksandrych, his son Fedyushka, the comfortable little spot under the workbench ... She remembered that in the long winter evenings when the joiner was planing or reading the newspaper aloud, Fedyushka usually played with her ..." I also realized that her new life of fame and applause at the circus has not actually been fun; she is overwhelmed by the trumpeting of the elephant, the shock of the light, the roar of the crowd, and is unnerved by the music.

For a short story about a dog, there are a lot of dreams. Through them Chekhov shows us how Kashtanka gradually "forgets" her original owners. In one dream she remembers, fondly, the boy Fedyushka, but he somehow becomes another dog-like creature. In the next, she has a sense of the joiner and the boy but can't quite see them. And at the end of the story and the end of her time with the clown, "Monsieur Georges" (his stage name), that well-fed period she has spent with him and her fellow creatures disappears like a puff of smoke: "She remembered the little room with the dirty wallpaper, the goose, Fyodor Timofeyich, the tasty dinners, the lessons, the circus, but

all that now seemed to her like a long, tangled, heavy dream …" Trailing her familiar humans, she is restored to herself.

Won't she likely be tormented again? … Sadly, yes, but if so, maybe those experiences that she has had away from the joiner and Fedyushka will remind her that there are, after all, *options*. She has a few tricks up her furry sleeves now.

– Bob Blaisdell

Chapter 1
Bad Behavior

A young red dog, halfway between a dachshund and a yard dog, its muzzle resembling a fox's, was running back and forth on the sidewalk and looking worriedly to the sides. She stopped occasionally, and, whimpering, raising up one frozen paw then the other, tried to give herself the answer to: How had it happened that she had gotten lost?

She well remembered how she had spent the day and how she finally found herself on this unfamiliar sidewalk.

The day began with her master, the joiner Luka Aleksandrych, putting on his hat, taking some kind of wooden thing wrapped in a red kerchief under his arm, and shouting, "Kashtanka, let's go."

Hearing her name, the halfway-between-a-dachshund-and-yard-dog came out from under the workbench where she slept on wood shavings, languorously stretched, and ran after her master. Luka Aleksandrych's customers lived terribly far, so that before he could reach one after the other of them, the joiner had to go into taverns and fortify himself several times. Kashtanka remembered that along the way she had behaved quite poorly. In her joy at being taken for a walk, she jumped, rushed barking at the horse-drawn wagons, ran into yards, and chased after other dogs. The joiner continually lost her from view and would stop and angrily yell at her. Once, with a furious expression on his face, he even grabbed her foxy ear in his fist, pulled it and said,

"Let ... the ... cholera ... take you!"

ДУРНО́Е ПОВЕДЕ́НИЕ

Молода́я ры́жая соба́ка — по́месь та́кса с дворня́жкой — о́чень похо́жая мо́рдой на лиси́цу, бе́гала взад и вперёд по тротуа́ру и беспоко́йно огля́дывалась по сторона́м. И́зредка она́ остана́вливалась и, пла́ча, приподнима́я то одну́ озя́бшую ла́пу, то другу́ю, стара́лась дать себе́ отчёт: как э́то могло́ случи́ться, что она́ заблуди́лась?

Она́ отли́чно по́мнила, как она́ провела́ день и как в конце́ концо́в попа́ла на э́тот незнако́мый тротуа́р.

День начался́ с того́, что её хозя́ин, столя́р Лука́ Алекса́ндрыч, наде́л ша́пку, взял под мы́шку каку́ю-то деревя́нную шту́ку, завёрнутую в кра́сный плато́к, и кри́кнул:

— Кашта́нка, пойдём!

Услыха́в своё и́мя, по́месь та́кса с дворня́жкой вы́шла и́з-под верстака́, где она спала́ на стру́жках, сла́дко потяну́лась и побежа́ла за хозя́ином. Заказчики Луки́ Алекса́ндрыча жи́ли ужа́сно далеко́, так что, пре́жде чем дойти́ до ка́ждого из них, столя́р до́лжен был по нескольку раз заходи́ть в тракти́р и подкрепля́ться. Кашта́нка по́мнила, что по доро́ге она́ вела́ себя́ кра́йне неприли́чно. От ра́дости, что её взя́ли гуля́ть, она́ пры́гала, броса́лась с ла́ем на ваго́ны ко́нно-желе́зки, забега́ла во дворы́ и гоня́лась за соба́ками. Столя́р то и де́ло теря́л её из ви́ду, остана́вливался и серди́то крича́л на неё. Раз да́же он с выраже́нием а́лчности на лице́ забра́л в кула́к её ли́сье у́хо, потрепа́л и проговори́л с расстано́вкой:

— Чтоб... ты... из... дох...ла, холе́ра!

Having been at his customers', Luka Aleksandrych stopped for a bit at his sister's, where he drank and had a snack. From his sister's he went on to a bookbinder's he knew, from the bookbinder's to a tavern, and from the tavern to a buddy's, and so on. In a word, when Kashtanka found herself on the unfamiliar sidewalk, it was already becoming evening and the joiner was as drunk as a cobbler. He waved his arms and, breathing deeply, muttered, "In sin my mother bore me! Ah, sins, sins! Now we go along the street and see the street lamps, but when we die, in fiery Gehenna we will burn ..."

Or else he fell into an amiable tone and called Kashtanka to him and said to her, "You, Kashtanka, are an insect being and nothing more. Compared to a person, you are as opposite as a carpenter is opposite to a joiner."

When he was speaking with her in this way, music suddenly thundered out. Kashtanka looked around and saw that a regiment of soldiers on the street was coming straight at her. Not being able to bear music, which jangled her nerves, she rushed about and whimpered. To her great amazement, the joiner, instead of being frightened, squealing and barking, smiled widely, stood at attention, and gave a full-hand salute. Seeing that her master didn't protest, Kashtanka whined even louder and, beside herself, ran across the road to the other sidewalk.

When she came to herself, the music was no longer playing and there was no regiment. She ran back across the road to the place where she had left the master, but, alas!, the joiner was no longer there. She dashed forward, then back, and once again crossed the street, but the joiner had fallen off the face of the earth ... Kashtanka began sniffing the sidewalk, hoping to find the master by the scent of his tracks, but some scoundrel had gone by in new rubber boots and now all the subtle smells were mixed up with the sharp, rubbery stink, so that it was impossible to distinguish them.

Kashtanka ran back and forth, not finding her master, but meanwhile it was becoming dark. The street lamps were lit on both sides of the street, and lights showed in the windows of the houses. Big, fluffy snow was falling and painting white the pavement, the horses' backs, the drivers' caps; the darker the air, the whiter the objects became. Unfamiliar customers were constantly

Побывав у заказчиков, Лука Александрыч зашёл на минутку к сестре, у которой пил и закусывал; от сестры пошёл он к знакомому переплётчику, от переплётчика в трактир, из трактира к куму и т.д. Одним словом, когда Каштанка попала на незнакомый тротуар, то уже вечерело и столяр был пьян, как сапожник. Он размахивал руками и, глубоко вздыхая, бормотал:

— Во гресех роди мя мати во утробе моей! Ох, грехи, грехи! Теперь вот мы по улице идём и на фонарики глядим, а как помрём — в гиене огненной гореть будем...

Или же он впадал в добродушный тон, подзывал к себе Каштанку и говорил ей:

— Ты, Каштанка, насекомое существо и больше ничего. Супротив человека ты всё равно, что плотник супротив столяра...

Когда он разговаривал с ней таким образом, вдруг загремела музыка. Каштанка оглянулась и увидела, что по улице прямо на неё шёл полк солдат. Не вынося музыки, которая расстраивала ей нервы, она заметалась и завыла. К великому её удивлению, столяр, вместо того, чтобы испугаться, завизжать и залаять, широко улыбнулся, вытянулся во фрунт и всей пятернёй сделал под козырёк. Видя, что хозяин не протестует, Каштанка ещё громче завыла и, не помня себя, бросилась через дорогу на другой тротуар.

Когда она опомнилась, музыка уже не играла и полка не было. Она перебежала дорогу к тому месту, где оставила хозяина, но, увы! столяра уже там не было. Она бросилась вперёд, потом назад, ещё раз перебежала дорогу, но столяр точно сквозь землю провалился... Каштанка стала обнюхивать тротуар, надеясь найти хозяина по запаху его следов, но раньше какой-то негодяй прошёл в новых резиновых калошах, и теперь все тонкие запахи мешались с острою каучуковою вонью, так что ничего нельзя было разобрать.

Каштанка бегала взад и вперёд и не находила хозяина, а между тем становилось темно. По обе стороны улицы зажглись фонари и в окнах домов показались огни. Шёл крупный, пушистый снег и красил в белое мостовую, лошадиные спины, шапки извозчиков, и чем больше темнел воздух, тем белее становились предметы. Мимо Каштанки, заслоняя ей поле зрения и толкая

walking past Kashtanka, blocking her field of vision and shoving her with their feet. (Kashtanka divided all of humankind into two very unequal parts: masters and customers; between the ones and the others was an essential difference: the first had the right to beat her, but with the second, she herself had the right to nip at their calves.) Customers were hurrying somewhere and did not give her any attention.

When it became quite dark, Kashtanka was overcome by despair and terror. She huddled into an entryway and began crying bitterly. The whole day's trip with Luka Aleksandrych had exhausted her, her ears and paws were frozen, and on top of that she was terribly hungry. For the entire day she had had only two little bites: she ate a bit of paste at the bookbinder's and in one of the taverns she had found a sausage skin near the counter – that's all. If she had been a person, she probably would have thought:

"No, it's impossible to live like this! I have to shoot myself!"

её нога́ми, безостано́вочно взад и вперёд проходи́ли незнако́мые зака́зчики. (Всё челове́чество Кашта́нка дели́ла на две о́чень нера́вные ча́сти: на хозя́ев и на зака́зчиков; ме́жду те́ми и други́ми была́ суще́ственная ра́зница: пе́рвые име́ли пра́во бить её, а вторы́х она́ сама́ име́ла пра́во хвата́ть за и́кры.) Зака́зчики куда́-то спеши́ли и не обраща́ли на неё никако́го внима́ния.

Когда́ ста́ло совсе́м темно́, Кашта́нкою овладе́ли отча́яние и у́жас. Она́ прижа́лась к како́му-то подъе́зду и ста́ла го́рько пла́кать. Целодне́вное путеше́ствие с Луко́й Алекса́ндрычем утоми́ло её, у́ши и ла́пы её озя́бли, и к тому́ же ещё она́ была́ ужа́сно голодна́. За весь день ей приходи́лось жева́ть то́лько два ра́за: поку́шала у переплётчика немно́жко кле́йстеру да в одно́м из тракти́ров о́коло прила́вка нашла́ колба́сную ко́жицу — вот и всё. Е́сли бы она́ была́ челове́ком, то наве́рное поду́мала бы:

«Нет, так жить невозмо́жно! Ну́жно застрели́ться!»

Chapter 2
The Mysterious Stranger

But she didn't think about that; she only cried. When the soft, fluffy snow had completely covered her back and head, and she had sunk into a heavy dream out of sheer exhaustion, the entry door suddenly clicked, creaked, and banged her on her side. She jumped. From the opened door came a person belonging to the customer category. As Kashtanka had yelped and gotten under his feet, he could not but give her his attention. He bent to her and asked:

"Doggy, where are you from? Did I hurt you? Oh, poor, poor thing ... Well, don't be angry, don't be angry ... It was my fault."

Kashtanka looked at the stranger through the snowflakes hanging on her lashes and saw before her a short, pudgy person with a plump, shaven face, wearing a top hat and an unbuttoned fur coat.

"Why are you whimpering?" he went on, knocking the snow off her back with his finger. "Where's your master? You must be lost! Oh, poor doggy! What are we going to do now?"

Catching in the stranger's voice a warm, intimate note, Kashtanka licked his hand and whimpered even more pitifully.

"You're good one, a funny one!" said the stranger. "A real fox! Well, there's nothing else to do, come with me! Maybe you'll do ... Well, *phweet!*"

He smacked his lips and made a sign with his hand to Kashtanka that could only mean one thing: "Let's go!" Kashtanka went.

ТАИ́НСТВЕННЫЙ НЕЗНАКО́МЕЦ

Но она́ ни о чём не ду́мала и то́лько пла́кала. Когда́ мя́гкий, пуши́стый снег совсе́м облепи́л её спи́ну и го́лову и она́ от изнеможе́ния погрузи́лась в тяжёлую дремо́ту, вдруг подъе́здная дверь щёлкнула, запища́ла и уда́рила её по́ боку. Она́ вскочи́ла. Из отворённой две́ри вы́шел како́й-то челове́к, принадлежа́щий к разря́ду зака́зчиков. Так как Кашта́нка взви́згнула и попа́ла ему́ под но́ги, то он не мог не обрати́ть на неё внима́ния. Он нагну́лся к ней и спроси́л:

— Пси́на, ты отку́да? Я тебя́ уши́б? О, бе́дная, бе́дная... Ну, не серди́сь, не серди́сь... Винова́т.

Кашта́нка погляде́ла на незнако́мца сквозь снежи́нки, нави́сшие на ресни́цы, и уви́дела пе́ред собо́й коро́тенького и то́лстенького челове́чка с бри́тым пу́хлым лицо́м, в цили́ндре и в шу́бе нараспа́шку.

— Что же ты скули́шь? — продолжа́л он, сбива́я па́льцем с её спины́ снег. — Где твой хозя́ин? Должно́ быть, ты потеря́лась? Ах, бе́дный пёсик! Что же мы тепе́рь бу́дем де́лать?

Улови́в в го́лосе незнако́мца тёплую, душе́вную но́тку, Кашта́нка лизну́ла ему́ ру́ку и заскули́ла ещё жа́лостнее.

— А ты хоро́шая, смешна́я! — сказа́л незнако́мец. — Совсе́м лиси́ца! Ну, что ж, де́лать не́чего, пойдём со мной! Мо́жет быть, ты и сгоди́шься на что-нибудь... Ну, фюйть!

Он чмо́кнул губа́ми и сде́лал Кашта́нке знак руко́й, кото́рый мог означа́ть то́лько одно́: «Пойдём!» Кашта́нка пошла́.

Within a half-hour, she was sitting on the floor in a large, well-lit room; laying her head to the side, she looked with tenderness and curiosity at the stranger who was sitting at the table eating dinner. He ate and threw her pieces ... At first, he gave her bread and a green cheese rind, and then a little piece of meat, half of a pirozhok, and chicken bones, and she ravenously ate it all up so fast that she couldn't distinguish the tastes. The more she ate, the more strongly she felt her hunger.

"How poorly your masters feed you!" said the stranger, seeing the very fierce greediness with which she gulped the unchewed food. "And how thin you are! Skin and bones ..."

Kashtanka ate a lot, not filling up but only becoming intoxicated from eating. After dinner she laid herself down in the middle of the room, stretched out her legs, and feeling all through her body a pleasant weariness, began wagging her tail. While her new master lounged in his armchair and smoked a cigar, she wagged her tail and considered the question of where was better – at the stranger's or the joiner's? The stranger's setting was poor and unattractive; besides the armchairs and couch and lamps and rugs, he had nothing at all, and the room seemed empty; at the joiner's the whole place was packed with things; he had a table, a workbench, a heap of shavings, planes, chisels, saws, glue, a cage with a goldfinch, a wash tub ... At the stranger's there was no smell; at the joiner's there was always a haze and it smelled splendidly of glue, lacquer, and shavings. Despite that, the stranger had one very important advantage – he gave her a lot to eat, and, it's necessary to give him full credit, when Kashtanka sat by the table and sweetly looked at him, he didn't hit her once, or stamp his feet, and never once cried out, "Get awa-a-ay from here, you cursed thing!"

Finishing off his cigar, the new master went out and returned in a minute holding a small mattress in his hands.

"Hey, you, doggy, come here!" he said, putting the mattress in the corner near the couch. "Lie down here, sleep!"

Then he put out the lamp and left. Kashtanka laid herself down on the mattress and closed her eyes; from the street she could hear barking, and she

Не бо́льше как че́рез полчаса́ она́ уже́ сиде́ла на полу́ в большо́й, све́тлой ко́мнате и, склони́в го́лову на́бок, с умиле́нием и с любопы́тством гляде́ла на незнако́мца, кото́рый сиде́л за столо́м и обе́дал. Он ел и броса́л ей кусо́чки... Снача́ла он дал ей хле́ба и зелёную коро́чку сы́ра, пото́м кусо́чек мя́са, полпирожка́, кури́ных косте́й, а она́ с голоду́хи всё э́то съе́ла так бы́стро, что не успе́ла разобра́ть вку́са. И чем бо́льше она́ е́ла, тем сильне́е чу́вствовался го́лод.

— Одна́ко, пло́хо же ко́рмят тебя́ твои́ хозя́ева! — говори́л незнако́мец, гля́дя, с како́ю свире́пою жа́дностью она́ глота́ла неразжёванные куски́. — И кака́я ты то́щая! Ко́жа да ко́сти...

Кашта́нка съе́ла мно́го, но не нае́лась, а то́лько опьяне́ла от еды́. По́сле обе́да она́ разлегла́сь среди́ ко́мнаты, протяну́ла но́ги и, чу́вствуя во всём те́ле прия́тную исто́му, завиля́ла хвосто́м. Пока́ её но́вый хозя́ин, развали́вшись в кре́сле, кури́л сига́ру, она́ виля́ла хвосто́м и реша́ла вопро́с: где лу́чше — у незнако́мца и́ли у столяра́? У незнако́мца обстано́вка бе́дная и некраси́вая; кро́ме кре́сел, дива́на, ла́мпы и ковро́в, у него́ нет ничего́, и ко́мната ка́жется пусто́ю; у столяра́ же вся кварти́ра битко́м наби́та веща́ми; у него́ есть стол, верста́к, ку́ча стру́жек, руба́нки, стаме́ски, пи́лы, кле́тка с чи́жиком, лоха́нь... У незнако́мца не па́хнет ниче́м, у столяра́ же в кварти́ре всегда́ стои́т тума́н и великоле́пно па́хнет кле́ем, ла́ком и стру́жками. Зато́ у незнако́мца есть одно́ о́чень ва́жное преиму́щество — он даёт мно́го есть и, на́до отда́ть ему́ по́лную справедли́вость, когда́ Кашта́нка сиде́ла пе́ред столо́м и уми́льно гляде́ла на него́, он ни ра́зу не уда́рил её, не зато́пал нога́ми и ни ра́зу не кри́кнул: «Пошла́ вон, трекля́тая!»

Вы́курив сига́ру, но́вый хозя́ин вы́шел и че́рез мину́ту верну́лся, держа́ в рука́х ма́ленький матра́сик.

— Эй ты, пёс, поди́ сюда́! — сказа́л он, кладя́ матра́сик в углу́ о́коло дива́на. — Ложи́сь здесь. Спи!

Зате́м он потуши́л ла́мпу и вы́шел. Кашта́нка разлегла́сь на матра́сике и закры́ла глаза́; с у́лицы послы́шался лай, и она́ хоте́ла отве́тить на него́, но вдруг неожи́данно е́ю овладе́ла грусть. Она́ вспо́мнила Луку́ Алекса́ндрыча,

wanted to answer it, but suddenly an unexpected sadness overwhelmed her. She remembered Luka Aleksandrych, his son Fedyushka, the comfortable little spot under the workbench ... She remembered that in the long winter evenings when the joiner was planing or reading the newspaper aloud, Fedyushka usually played with her ... He would drag her out by the hind legs from under the workbench, and he played such tricks on her that she saw green and would hurt in all her joints. He made her walk on her hind legs, made a bell out of her, that is, pulled her tail hard, so that she squealed and barked, and he gave her tobacco to sniff ... Especially tormenting was the following trick: Fedyushka tied a piece of meat to a string and gave it to Kashtanka and then, when she had swallowed it, with a great laugh he yanked it back from her stomach. The clearer the memories, the louder and more miserably Kashtanka whimpered.

But soon the exhaustion and warmth overwhelmed her sadness ... She began falling asleep. In her imagination dogs were running by, among them a furry old poodle, the one she had seen today on the street with a white spot in his eye and curly hair around the nose. Fedyushka, with a chisel in his hand, chased after the poodle; then suddenly, covered in shaggy hair himself, he began merrily barking around Kashtanka. Kashtanka and he, in a friendly way, sniffed each other's noses and ran out into the street.

его́ сы́на Федю́шку, ую́тное месте́чко под верстако́м... Вспо́мнила она́, что в дли́нные зи́мние вечера́, когда́ столя́р строга́л и́ли чита́л вслух газе́ту, Федю́шка обыкнове́нно игра́л с не́ю... Он выта́скивал её за за́дние ла́пы и́з-под верстака́ и выде́лывал с не́ю таки́е фо́кусы, что у неё зелене́ло в глаза́х и боле́ло во всех суста́вах. Он заставля́л её ходи́ть на за́дних ла́пах, изобра-жа́л из неё ко́локол, то́ есть си́льно дёргал её за хвост, отчего́ она́ визжа́ла и ла́яла, дава́л ей ню́хать табаку́... Осо́бенно мучи́телен был сле́дующий фо́кус: Федю́шка привя́зывал на ни́точку кусо́чек мя́са и дава́л его́ Кашта́нке, пото́м же, когда́ она́ прогла́тывала, он с гро́мким сме́хом выта́скивал его́ обра́тно из её желу́дка. И чем я́рче бы́ли воспомина́ния, тем гро́мче и тоскли́вее скули́ла Кашта́нка.

Но ско́ро утомле́ние и теплота́ взя́ли верх над гру́стью... Она́ ста́ла засы-па́ть. В её воображе́нии забе́гали соба́ки; пробежа́л, ме́жду про́чим, и мох-на́тый ста́рый пу́дель, кото́рого она́ ви́дела сего́дня на у́лице, с бельмо́м на глазу́ и с кло́чьями ше́рсти о́коло но́са. Федю́шка, с долото́м в руке́, погна́лся за пу́делем, пото́м вдруг сам покры́лся мохна́той ше́рстью, ве́село зала́ял и очути́лся о́коло Кашта́нки. Кашта́нка и он доброду́шно поню́хали друг дру́гу носы́ и побежа́ли на у́лицу...

Chapter 3
A New, Very Pleasant Acquaintance

When Kashtanka awoke it was already light, and from the street came the noise that only occurs during the day. There was not a soul in the room. Kashtanka stretched, yawned, and, grumpy, gloomy, strolled about the room. She sniffed around the corners and furniture, glanced into the entryway and didn't find anything interesting. Besides the door that led to the entryway, there was one other door. Pausing to think, Kashtanka scratched at it with both paws, opened it, and went into the next room. There, on a bed, covered with a flannel blanket, slept a customer, whom Kashtanka recognized as last night's stranger.

"Grrrr ..." she growled, but then, remembering last night's dinner, wagged her tail and started sniffing.

She sniffed the clothes and shoes of the stranger, and found that they smelled very horsy. From the bedroom one more door, also closed, led somewhere. Kashtanka scratched at this door, leaned her chest on it, opened it, and right away detected a strange, very suspicious smell. Sensing an unpleasant meeting, growling and looking around, Kashtanka went into the small room with dirty wallpaper and in fear backed up. She saw something unexpected and terrible. Bending its neck and head to the ground, spreading out its wings and hissing, a gray goose was coming straight at her. A little to the side of it, on a mattress, lay a white cat; seeing Kashtanka, he jumped up, arched his back, lifted his tail, bristled his fur, and also hissed. The dog was seriously scared, but not desiring to give way to her fear, loudly barked and hurled herself at the cat ... The cat arched his back even more, hissed,

Глава́ тре́тья
НО́ВОЕ, О́ЧЕНЬ ПРИЯ́ТНОЕ ЗНАКО́МСТВО

Когда́ Кашта́нка просну́лась, бы́ло уже́ светло́ и с у́лицы доноси́лся шум, како́й быва́ет то́лько днём. В ко́мнате не́ было ни души́. Кашта́нка потяну́лась, зевну́ла и, серди́тая, угрю́мая, прошла́сь по ко́мнате. Она́ обню́хала углы́ и ме́бель, загляну́ла в пере́днюю и не нашла́ ничего́ интере́сного. Кро́ме две́ри, кото́рая вела́ в пере́днюю, была́ ещё одна́ дверь. Поду́мав, Кашта́нка поцара́пала её обе́ими ла́пами, отвори́ла и вошла́ в сле́дующую ко́мнату. Тут на крова́ти, укры́вшись ба́йковым одея́лом, спал заказчик, в кото́ром она́ узна́ла вчера́шнего незнако́мца.

— Рррр... — заворча́ла она́, но, вспо́мнив про вчера́шний обе́д, завиля́ла хвосто́м и ста́ла ню́хать.

Она́ поню́хала оде́жду и сапоги́ незнако́мца и нашла́, что они́ о́чень па́хнут ло́шадью. Из спа́льни вела́ куда́-то ещё одна́ дверь, то́же затво́ренная. Кашта́нка поцара́пала э́ту дверь, налегла́ на неё гру́дью, отвори́ла и то́тчас же почу́вствовала стра́нный, о́чень подозри́тельный за́пах. Предчу́вствуя неприя́тную встре́чу, ворча́ и огля́дываясь, Кашта́нка вошла́ в ма́ленькую ко́мнатку с гря́зными обо́ями и в стра́хе попя́тилась наза́д. Она́ уви́дела не́что неожи́данное и стра́шное. Пригну́в к земле́ ше́ю и го́лову, растопы́рив кры́лья и шипя́, пря́мо на неё шёл се́рый гусь. Не́сколько в стороне́ от него́, на матра́сике, лежа́л бе́лый кот; уви́дев Кашта́нку, он вскочи́л, вы́гнул спи́ну в дугу́, задра́л хвост, взъеро́шил шерсть и то́же зашипе́л. Соба́ка испуга́лась не на шу́тку, но, не жела́я выдава́ть своего́ стра́ха, гро́мко зала́яла и бро́силась к коту́... Кот ещё сильне́е вы́гнул спи́ну, зашипе́л и уда́рил Кашта́нку ла́пой по

and smacked Kashtanka on the head with his paw. Kashtanka jumped away, squatted on all four paws, and, sticking her muzzle out at the cat, began barking loudly and shrilly; just then, the goose came up from behind and poked his beak painfully into her back. Kashtanka jumped and threw herself at the goose.

"What's all that?" A loud, angry voice was heard, and the stranger in a robe came into the room with a cigar between his teeth. "What's this mean? To your places!"

He went up to the cat, flicked him on his arched back, and said, "Fyodor Timofeyich, what's this mean? Started a fight? Oh, you old rascal! Lie down!"

And turning to the goose, he cried, "Ivan Ivanych, to your place!"

The cat obediently lay down on his mattress and closed his eyes. Judging by his face and whiskers, he was unhappy with himself that he had been worked up enough to get into a fight. Kashtanka, insulted, began whimpering, but the goose stretched out his neck and said something quickly, passionately, and distinctly, but absolutely incomprehensibly.

"Very well, very well!" said the master, yawning. "We need to live peacefully and as friends." He petted Kashtanka and continued, "And you, Red, don't be afraid ... This is a good group, they won't bother you. Wait, what are we going to call you? It's impossible, brother, to be nameless."

The stranger thought a bit and said, "Here's what ... You will be – Auntie ... You understand? Auntie!"

And, having repeated "Auntie" several times, he left. Kashtanka sat down and began observing. The cat sat without moving on the mattress and gave the appearance that he was sleeping. The goose, sticking out his neck and stamping in place, continued to talk quickly and passionately about something. Evidently, he was a very smart goose; after each long tirade, he would back up in amazement and give a look as if he was delighted by his speech. ... Having heard and answered him, "Grrrr ...," Kashtanka took up sniffing around the corners. In one of the corners stood a small trough in which she saw soaked peas and rye crusts. She tried the peas – not tasty; she tried the crusts – and began eating. The goose was not at all offended that

голове́. Кашта́нка отскочи́ла, присе́ла на все четы́ре ла́пы и, протя́гивая к коту́ мо́рду, залила́сь гро́мким, визгли́вым ла́ем; в э́то вре́мя гусь подошёл сза́ди и бо́льно долбану́л её клю́вом в спи́ну. Кашта́нка вскочи́ла и бро́силась на гу́ся...

— Э́то что тако́е? — послы́шался гро́мкий, серди́тый го́лос, и в ко́мнату вошёл незнако́мец в хала́те и с сига́рой в зуба́х. — Что э́то зна́чит? На ме́сто!

Он подошёл к коту́, щёлкнул его́ по вы́гнутой спине́ и сказа́л:

— Фёдор Тимофе́ич, это что зна́чит? Дра́ку подня́ли? Ах ты, ста́рая кана́лья! Ложи́сь!

И, обрати́вшись к гу́сю, он кри́кнул:

— Ива́н Ива́ныч, на ме́сто!

Кот поко́рно лёг на свой матра́сик и закры́л глаза́. Су́дя по выраже́нию его́ мо́рды и усо́в, он сам был недово́лен, что погорячи́лся и вступи́л в дра́ку. Кашта́нка оби́женно заскули́ла, а гусь вы́тянул ше́ю и заговори́л о чём-то бы́стро, горячо́ и отчётливо, но кра́йне непоня́тно.

— Ла́дно, ла́дно! — сказа́л хозя́ин, зева́я. — На́до жить ми́рно и дру́жно. — Он погла́дил Кашта́нку и продолжа́л: — А ты, ры́жик, не бо́йся... Э́то хоро́шая пу́блика, не оби́дит. Посто́й, как же мы тебя́ звать бу́дем? Без и́мени нельзя́, брат.

Незнако́мец поду́мал и сказа́л:

— Вот что... Ты бу́дешь — Тётка... Понима́ешь? Тётка!

И, повтори́в не́сколько раз сло́во «Тётка», он вы́шел. Кашта́нка се́ла и ста́ла наблюда́ть. Кот неподви́жно сиде́л на матра́сике и де́лал вид, что спит. Гусь, вытя́гивая ше́ю и топча́сь на одно́м ме́сте, продолжа́л говори́ть о чём-то бы́стро и горячо́. По-ви́димому, э́то был о́чень у́мный гусь; по́сле ка́ждой дли́нной тира́ды он вся́кий раз удивлённо пя́тился наза́д и де́лал вид, что восхища́ется свое́ю ре́чью... Послу́шав его́ и отве́тив ему́ «рррр...», Кашта́нка приняла́сь обню́хивать углы́. В одно́м из угло́в стоя́ло ма́ленькое коры́тце, в кото́ром она́ уви́дела мочёный горо́х и размо́кшие ржаны́е ко́рки. Она́ попро́бовала горо́х — невку́сно, попро́бовала ко́рки — и ста́ла есть. Гусь ниско́лько

the unfamiliar dog was eating his feed, and on the contrary spoke even more passionately and in order to show his trust, he went up to the trough himself and ate some peas.

не оби́делся, что незнако́мая соба́ка поеда́ет его́ корм, а, напро́тив, заговори́л ещё горяче́е и, чтобы показа́ть своё дове́рие, сам подошёл к коры́тцу и съел не́сколько горо́шинок.

Chapter 4
Wonders Will Never Cease

Some time passed, and the stranger came in again and brought with him some sort of strange thing similar to a gate and an upside-down U-shape. On the crosspiece of this wooden, roughly cut U hung a bell and there was also a pistol tied to it; strings hung from the tongue of the bell and from the trigger of the pistol. The stranger set the U in the middle of the room, for a long while untied and tied something, and then looked at the goose and said, "Ivan Ivanych, if you please!"

The goose walked up to him and stood in an expectant pose.

"Well, sir," said the stranger, "let's begin from the beginning. Before anything, bow and make a curtsey! Look lively!"

Ivan Ivanych stuck out his neck, nodded to all sides and shuffled his feet.

"Just so, my boy ... Now die!"

The goose lay down on his back, and lifted his legs up. Having gone through a few more similarly unimportant tricks, the stranger suddenly grabbed his head, expressed terror on his face, and cried out, "Help! Fire! We're burning!"

Ivan Ivanych ran up to the U, took a string in his beak, and began ringing the bell.

The stranger was very pleased. He petted the goose on his neck and said, "That's my boy, Ivan Ivanych! Now imagine that you are a jeweler and you sell gold and diamonds. Imagine now that you go into your shop and find thieves in it. How would you proceed in that given circumstance?"

Глава́ четвёртая
ЧУДЕСА́ В РЕШЕТЕ́

Немно́го погодя́ опя́ть вошёл незнако́мец и принёс с собо́й каку́ю-то стра́нную вещь, похо́жую на воро́та и на бу́кву П. На перекла́дине э́того деревя́нного, гру́бо сколо́ченного П висе́л ко́локол и был привя́зан пистоле́т; от языка́ ко́локола и от курка́ пистоле́та тяну́лись верёвочки. Незнако́мец поста́вил П посреди́ ко́мнаты, до́лго что́-то развя́зывал и завя́зывал, пото́м посмотре́л на гу́ся и сказа́л:

— Ива́н Ива́ныч, пожа́луйте!

Гусь подошёл к нему́ и останови́лся в ожида́тельной по́зе.

— Ну-с, — сказа́л незнако́мец, — начнём с са́мого нача́ла. Пре́жде всего́ поклони́сь и сде́лай реверанс! Жи́во!

Ива́н Ива́ныч вы́тянул ше́ю, закива́л во все сто́роны и ша́ркнул ла́пкой.

— Так, молоде́ц... Тепе́рь умри́!

Гусь лёг на спи́ну и задра́л вверх ла́пы. Проде́лав ещё не́сколько подо́бных нева́жных фо́кусов, незнако́мец вдруг схвати́л себя́ за го́лову, изобрази́л на своём лице́ у́жас и закрича́л:

— Карау́л! Пожа́р! Гори́м!

Ива́н Ива́ныч подбежа́л к П, взял в клюв верёвку и зазвони́л в ко́локол.

Незнако́мец оста́лся о́чень дово́лен. Он погла́дил гу́ся по ше́е и сказа́л:

— Молоде́ц, Ива́н Ива́ныч! Тепе́рь предста́вь, что ты ювели́р и торгу́ешь зо́лотом и брилья́нтами. Предста́вь тепе́рь, что ты прихо́дишь к себе́ в магази́н и застаёшь в нём воро́в. Как бы ты поступи́л в да́нном слу́чае?

The goose took the other string in his beak and pulled, from which resounded a tremendous shot. Kashtanka very much liked the bell, but she went into such rapture from the shot that she ran around the U and barked.

"Auntie, to your place!" cried the stranger at her. "Quiet!"

Ivan Ivanych's work did not conclude with the shot. For a whole hour the stranger drove the goose around him on a cord while cracking a whip, and then he had him jump over a barrier and through a hoop, and rear up, that is, sit on his tail and wave his feet. Kashtanka couldn't tear her eyes away from Ivan Ivanych, squealed from excitement, and several times took to running after him with a ringing bark. The stranger, having exhausted the goose and himself, wiped the sweat off his brow and cried: "Marya, call Khavronya Ivanovna here."

In a minute an oinking was heard ... Kashtanka growled, put on a very brave face, but went up closer to the stranger just in case. The door opened, some old woman looked into the room, and, saying something, led in a black, very ugly pig. Paying no attention to Kashtanka's growling, the pig raised her snout and merrily snorted. Apparently it was very pleasant for her to see her master, the cat, and Ivan Ivanych. When she went up to the cat and lightly touched him under his belly with her snout and then began speaking with the goose about something, in her movements, in her voice, and in her quivering tail, there was a feeling of much good humor. Kashtanka understood right away that growling and barking at such a character was useless.

The master took away the U and cried, "Fyodor Timofeyich, if you please!"

The cat rose, lazily stretched, and half-heartedly, just as if he was doing a favor, went up to the pig.

"Well, sir, let's begin with the Egyptian Pyramid," began the master.

He explained something for a long time, then commanded, "A one ... two ... three!" At the word "three" Ivan Ivanych flapped his wings and hopped onto the pig's back ... When he, balancing himself with his wings and neck, had steadied himself on the bristly back, Fyodor Timofeyich, sluggishly and lazily, with clear disdain and with such a look as if he despised and didn't care a groat for his art, crawled up the pig's back, then reluctantly got up on

Гусь взял в клюв другу́ю верёвочку и потяну́л, отчего́ то́тчас же разда́лся оглуши́тельный вы́стрел. Кашта́нке о́чень понра́вился звон, а от вы́стрела она́ пришла́ в тако́й восто́рг, что забе́гала вокру́г П и зала́яла.

— Тётка, на ме́сто! — кри́кнул ей незнако́мец. — Молча́ть!

Рабо́та Ива́на Ива́ныча не ко́нчилась стрельбо́й. Це́лый час пото́м незнако́мец гоня́л его́ вокру́г себя́ на ко́рде и хло́пал бичо́м, причём гусь до́лжен был пры́гать че́рез барье́р и сквозь о́бруч, станови́ться на дыбы́, то есть сади́ться на хвост и маха́ть ла́пками. Кашта́нка не отрыва́ла глаз от Ива́на Ива́ныча, завыва́ла от восто́рга и не́сколько раз принима́лась бе́гать за ним со зво́нким ла́ем. Утоми́в гу́ся и себя́, незнако́мец вы́тер со лба пот и кри́кнул:

— Ма́рья, позови́-ка сюда́ Хавро́нью Ива́новну!

Че́рез мину́ту послы́шалось хрю́канье… Кашта́нка заворча́ла, приняла́ о́чень хра́брый вид и на вся́кий слу́чай подошла́ побли́же к незнако́мцу. Отвори́лась дверь, в ко́мнату погляде́ла кака́я-то стару́ха и, сказа́в что́-то, впусти́ла чёрную, о́чень некраси́вую свинью́. Не обраща́я никако́го внима́ния на ворча́нье Кашта́нки, свинья́ подняла́ вверх свой пятачо́к и ве́село захрю́кала. По-ви́димому, ей бы́ло о́чень прия́тно ви́деть своего́ хозя́ина, кота́ и Ива́на Ива́ныча. Когда́ она́ подошла́ к коту́ и слегка́ толкну́ла его́ под живо́т свои́м пятачко́м и пото́м о чём-то заговори́ла с гу́сем, в её движе́ниях, в го́лосе и в дрожа́нии хво́стика чу́вствовалось мно́го доброду́шия. Кашта́нка сра́зу поняла́, что ворча́ть и ла́ять на таки́х субъе́ктов — бесполе́зно.

Хозя́ин убра́л П и кри́кнул:

— Фёдор Тимофе́ич, пожа́луйте!

Кот подня́лся, лени́во потяну́лся и не́хотя, то́чно де́лая одолже́ние, подошёл к свинье́.

— Ну-с, начнём с еги́петской пирами́ды, — на́чал хозя́ин.

Он до́лго объясня́л что́-то, пото́м скома́ндовал: «Раз… два… три!» Ива́н Ива́ныч при сло́ве «три» взмахну́л кры́льями и вскочи́л на спи́ну свиньи́… Когда́ он, баланси́руя кры́льями и ше́ей, укрепи́лся на щети́нистой спине́, Фёдор Тимофе́ич вя́ло и лени́во, с я́вным пренебреже́нием и с таки́м ви́дом, как бу́дто он презира́ет и ста́вит ни в грош своё иску́сство, поле́з на спи́ну свиньи́, пото́м не́хотя взобра́лся на гу́ся и стал на за́дние ла́пы. Получи́лось

the goose and stood on his back legs. What resulted was what the stranger called "The Egyptian Pyramid." Kashtanka yelped with delight, but just at that moment the old cat yawned and, losing his balance, fell off the goose, who tottered and also fell. The stranger cried out, waved his arms and again began explaining something. Having tried for a whole hour with the pyramid, the untiring master took to teaching Ivan Ivanych to ride on the cat, and then began teaching the cat to smoke, and so on.

The lesson ended, the master wiped the sweat off his brow and went out, and Fyodor Timofeyich disgustedly snuffled , lay on the mattress, and closed his eyes. Ivan Ivanych made for the trough, and the pig was led away by the old woman. Thanks to the mass of new impressions, the day had passed imperceptibly for Kashtanka, and in the evening she and her mattress were already settled in the little room with the dirty wallpaper, and she spent the night in the company of Fyodor Timofeyich and the goose.

*

то, что незнако́мец называ́л еги́петской пирами́дой. Кашта́нка взви́згнула от восто́рга, но в э́то вре́мя стари́к кот зевну́л и, потеря́в равнове́сие, свали́лся с гу́ся. Ива́н Ива́ныч пошатну́лся и то́же свали́лся. Незнако́мец закрича́л, замаха́л рука́ми и стал опя́ть что́-то объясня́ть. Провози́вшись це́лый час с пирами́дой, неутоми́мый хозя́ин приня́лся учи́ть Ива́на Ива́ныча е́здить верхо́м на коте́, пото́м стал учи́ть кота́ кури́ть и т. п.

Уче́нье ко́нчилось тем, что незнако́мец вы́тер со лба пот и вы́шел. Фёдор Тимофе́ич брезгли́во фы́ркнул, лёг на матра́сик и закры́л глаза́, Ива́н Ива́ныч напра́вился к коры́тцу, а свинья́ была́ уведена́ стару́хой. Благодаря́ ма́ссе но́вых впечатле́ний день прошёл для Кашта́нки незаме́тно, а ве́чером она́ со свои́м матра́сиком была́ уже́ водворена́ в ко́мнатке с гря́зными обо́ями и ночева́ла в о́бществе Фёдора Тимофе́ича и гу́ся.

Chapter 5
"Talent! Talent!"

A month passed.

Kashtanka had already become used to being fed a tasty dinner every evening and being called "Auntie." She had got used to the stranger and to her new colleagues. Life was smooth as butter.

Every day began the same. Usually, earlier than all the others, Ivan Ivanych woke up and right away went up to Auntie or the cat, arched his neck and began speaking about something passionately and persuasively, but, as before, incomprehensibly. Sometimes he raised his head up and delivered long monologues. In the first days of their acquaintance Kashtanka thought that he talked a lot because he was very smart, but after a bit of time passed by, she lost all respect for him; when he came up to her with his long speeches, she no longer wagged her tail, but snubbed him as a tiresome chatterer who didn't let anyone sleep, and without any ceremony answered him with a "Grrrr ..."

Fyodor Timofeyich was a different sort of gentleman. Waking up, he didn't make a sound, neither moving nor even opening his eyes. He would have been glad not to wake up because, as was evident, he disliked life. Nothing interested him, he took everything sluggishly and carelessly, despised everything and disgustedly snuffled even while eating his tasty dinner.

When Kashtanka awoke, she began walking through the rooms and sniffing around in the corners. Only she and the cat were allowed to walk about the whole apartment. The goose did not have the right to pass over the threshold of the little room with the dirty wallpaper, and Khavronya

Глава́ пя́тая
ТАЛА́НТ! ТАЛА́НТ!

Прошёл ме́сяц.

Кашта́нка уже́ привы́кла к тому́, что её ка́ждый ве́чер корми́ли вку́сным обе́дом и зва́ли Тёткой. Привы́кла она́ и к незнако́мцу, и к свои́м но́вым сожи́телям. Жизнь потекла́ как по ма́слу.

Все дни начина́лись одина́ково. Обыкнове́нно ра́ньше всех просыпа́лся Ива́н Ива́ныч и то́тчас же подходи́л к Тётке и́ли к коту́, выгиба́л ше́ю и начина́л говори́ть о чём-то горячо́ и убеди́тельно, но по-пре́жнему непоня́тно. Ино́й раз он поднима́л вверх го́лову и произноси́л дли́нные моноло́ги. В пе́рвые дни знако́мства Кашта́нка ду́мала, что он говори́т мно́го потому́, что о́чень умён, но прошло́ немно́го вре́мени, и она́ потеря́ла к нему́ вся́кое уваже́ние; когда́ он подходи́л к ней со свои́ми дли́нными реча́ми, она́ уж не виля́ла хвосто́м, а трети́ровала его́, как надое́дливого болтуна́, кото́рый не даёт никому́ спать, и без вся́кой церемо́нии отвеча́ла ему́: «рррр»...

Фёдор же Тимофе́ич был ино́го ро́да господи́н. Э́тот, просну́вшись, не издава́л никако́го зву́ка, не шевели́лся и да́же не открыва́л глаз. Он охо́тно бы не просыпа́лся, потому́ что, как ви́дно бы́ло, он недолю́бливал жи́зни. Ничто́ его́ не интересова́ло, ко всему́ он относи́лся вя́ло и небре́жно, всё презира́л и да́же, поеда́я свой вку́сный обе́д, брезгли́во фы́ркал.

Просну́вшись, Кашта́нка начина́ла ходи́ть по ко́мнатам и обню́хивать углы́. То́лько ей и коту́ позволя́лось ходи́ть по всей кварти́ре; гусь же не име́л пра́ва переступа́ть поро́г ко́мнатки с гря́зными обо́ями, а Хавро́нья Ива́новна

Ivanovna lived somewhere in the courtyard in a shed and showed up only for lesson time. The master slept late and drank tea, and then immediately worked on his tricks. Every day the U, the whip, and the hoops were brought into the room, and every day it proceeded in almost the same way. The lesson continued three or four hours, so that sometimes from weariness Fyodor Timofeyich lurched like a drunk, Ivan Ivanych opened his beak and panted, and the master turned red and couldn't stop wiping sweat off his forehead.

The lessons and the dinner made the days very interesting, but the evenings passed tediously. In the evenings the master usually went out somewhere and took the goose and cat with him. Left on her own, Auntie lay on her mattress and began feeling sad... Sadness stole up on her somehow imperceptibly and took possession of her gradually, like the darkness of the room. It began with the vanishing of the dog's every desire to bark, eat, run around the rooms and even be petted; and then in her imagination two indistinct figures would appear, not dogs, not people, but with sympathetic faces, sweet, but incomprehensible; at their arrival Auntie wagged her tail, and it seemed to her that she had seen them somewhere and loved them ... And each time as she was falling asleep, she smelled glue, shavings, and lacquer coming from those figures.

When she had become well accustomed to her new life and from a skinny-bones yard dog had turned into a well-fed, cared-for dog, before the lesson one day the master petted her and said, "Time for us to get down to business, Auntie. Enough frittering away your time. I want to make you into an artist. ... You want to be an artist?"

And he began teaching her various clever things. In the first lesson she learned to stand on her hind legs, which she enjoyed awfully. In the second lesson she had to hop on her hind legs and snatch a piece of sugar, which the teacher held high over her head. And then in the next lessons she danced, ran along a rope, howled to music, rang the bell and shot the pistol, and within a month she was already able to successfully replace Fyodor Timofeyich in the Egyptian Pyramid. She learned very eagerly and was pleased with her success; running at the end of a rope with her tongue hanging out, jumping

жи́ла где́-то на дворе́ в сара́йчике и появля́лась то́лько во вре́мя уче́нья. Хозя́ин просыпа́лся по́здно и, напи́вшись ча́ю, то́тчас же принима́лся за свои́ фо́кусы. Ка́ждый день в ко́мнатку вноси́лись П, бич, о́бручи, и ка́ждый день проде́лывалось почти́ одно́ и то же. Уче́нье продолжа́лось часа́ три-четы́ре, так что ино́й раз Фёдор Тимофе́ич от утомле́ния пошатывался, как пья́ный, Ива́н Ива́ныч раскрыва́л клюв и тяжело́ дыша́л, а хозя́ин станови́лся кра́сным и ника́к не мог стере́ть со лба пот.

Уче́нье и обе́д де́лали дни о́чень интере́сными, вечера́ же проходи́ли скучнова́то. Обыкнове́нно вечера́ми хозя́ин уезжа́л куда́-то и увози́л с собо́ю гу́ся и кота́. Оста́вшись одна́, Тётка ложи́лась на матра́сик и начина́ла грусти́ть... Грусть подкра́дывалась к ней ка́к-то незаме́тно и овладева́ла е́ю постепе́нно, как потёмки ко́мнатой. Начина́лось с того́, что у соба́ки пропада́ла вся́кая охо́та ла́ять, есть, бе́гать по ко́мнатам и да́же гляде́ть, зате́м в воображе́нии её появля́лись каки́е-то две нея́сные фигу́ры, не то соба́ки, не то лю́ди, с физионо́миями симпати́чными, ми́лыми, но непоня́тными; при появле́нии их Тётка виля́ла хвосто́м, и ей каза́лось, что она́ их где́-то когда́-то ви́дела и люби́ла... А засыпа́я, она́ вся́кий раз чу́вствовала, что от э́тих фигу́рок па́хнет кле́ем, стру́жками и ла́ком.

Когда́ она́ совсе́м уже́ свы́клась с но́вой жи́знью и из то́щей, костля́вой дворня́жки обрати́лась в сы́того, вы́холенного пса, одна́жды пе́ред уче́ньем хозя́ин погла́дил её и сказа́л:

— Пора́ нам, Тётка, де́лом заня́ться. Дово́льно тебе́ бить баклу́ши. Я хочу́ из тебя́ арти́стку сде́лать... Ты хо́чешь быть арти́сткой?

И он стал учи́ть её ра́зным нау́кам. В пе́рвый уро́к она́ учи́лась стоя́ть и ходи́ть на за́дних ла́пах, что ей ужа́сно нра́вилось. Во второ́й уро́к она́ должна́ была́ пры́гать на за́дних ла́пах и хвата́ть са́хар, кото́рый высоко́ над её голово́й держа́л учи́тель. Зате́м в сле́дующие уро́ки она́ пляса́ла, бе́гала на ко́рде, вы́ла под му́зыку, звони́ла и стреля́ла, а че́рез ме́сяц уже́ могла́ с успе́хом заменя́ть Фёдора Тимофе́ича в «еги́петской пирами́де». Учи́лась она́ о́чень охо́тно и была́ дово́льна свои́ми успе́хами; бе́ганье с вы́сунутым языко́м на ко́рде,

through a hoop, and riding on old Fyodor Timofeyich gave her the greatest pleasure. Every trick she pulled off was accompanied by a resounding, excited bark, and the teacher, amazed, was also caught up in the excitement, and rubbed his hands.

"Talent! Talent!" he said. "Undoubtable talent! You will absolutely have success!"

And Auntie became so used to the word "Talent" that every time the master enunciated it, she jumped up and looked around as if it were her nickname.

пры́ганье в о́бруч и езда́ верхо́м на ста́ром Фёдоре Тимофе́иче доставля́ли ей велича́йшее наслажде́ние. Вся́кий уда́вшийся фо́кус она́ сопровожда́ла зво́нким, восто́рженным ла́ем, а учи́тель удивля́лся, приходи́л то́же в восто́рг и потира́л ру́ки.

— Тала́нт! Тала́нт! — говори́л он. — Несомне́нный тала́нт! Ты положи́тельно бу́дешь име́ть успе́х!

И Тётка так привы́кла к сло́ву «тала́нт», что вся́кий раз, когда́ хозя́ин произноси́л его́, вска́кивала и огля́дывалась, как бу́дто оно́ бы́ло её кли́чкой.

Chapter 6
The Restless Night

Auntie was dreaming a doggy dream wherein a yardman was chasing her with a broom, when she woke from fright.

It was quiet, dark and very stuffy in the room. Fleas were biting. Auntie had never been scared of the dark before, but now for some reason it had become terrifying, and she wanted to bark. In the next room, the master was breathing loudly, and then, a little while later, the pig grunted in her shed, and again everything got quiet. When you think about food, your soul becomes lighter, and Auntie began thinking about how today she had stolen a chicken leg {change to leg as were the other instances} from Fyodor Timofeyich and had hidden it in the living room, between the cupboard and the wall, where there were many cobwebs and a lot of dust. It would do no harm to go and see whether the foot was still safe or not. It was very possible the master had found it and eaten it up. But there was no leaving the room before morning – such was the rule.

Auntie closed her eyes in order to fall asleep sooner, as she knew from experience that the sooner she slept, the sooner morning started. But suddenly, not far from her, resounded a strange cry that made her shake and jump up on all four paws. It was Ivan Ivanych crying out, and his cry was not chatty and confident as usual, but something wild, piercing, and unnatural, like the squeak of a gate opening. Distinguishing nothing in the dark and not understanding, Auntie felt even more frightened and growled,

"Grrrr ..."

БЕСПОКО́ЙНАЯ НОЧЬ

Тётке присни́лся соба́чий сон, бу́дто за не́ю го́нится дво́рник с метло́й, и она́ проснýлась от стра́ха.

В ко́мнатке бы́ло ти́хо, темно́ и о́чень ду́шно. Куса́лись бло́хи. Тётка ра́ньше никогда́ не боя́лась потёмок, но тепе́рь почему́-то ей ста́ло жу́тко и захоте́лось ла́ять. В сосе́дней ко́мнате гро́мко вздохну́л хозя́ин, пото́м, немно́го погодя́, в своём сара́йчике хрю́кнула свинья́, и опя́ть всё смо́лкло. Когда́ ду́маешь об еде́, то на душе́ стано́вится ле́гче, и Тётка ста́ла ду́мать о том, как она́ сего́дня укра́ла у Фёдора Тимофе́ича кури́ную ла́пку и спря́тала её в гости́ной ме́жду шка́пом и стено́й, где о́чень мно́го паути́ны и пы́ли. Не меша́ло бы тепе́рь пойти́ и посмотре́ть: цела́ э́та ла́пка и́ли нет? О́чень мо́жет быть, что хозя́ин нашёл её и ску́шал. Но ра́ньше у́тра нельзя́ выходи́ть из ко́мнатки — тако́е пра́вило.

Тётка закры́ла глаза́, чтобы поскоре́е усну́ть, так как она́ зна́ла по о́пыту, что чем скоре́е уснёшь, тем скоре́е наступи́т у́тро. Но вдруг недалеко́ от неё разда́лся стра́нный крик, кото́рый заста́вил её вздро́гнуть и вскочи́ть на все четы́ре ла́пы. Это кри́кнул Ива́н Ива́ныч, и крик его́ был не болтли́вый и убеди́тельный, как обыкнове́нно, а како́й-то ди́кий, пронзи́тельный и неесте́ственный, похо́жий на скрип отворя́емых воро́т. Ничего́ не разгляде́в в потёмках и не поня́в, Тётка почу́вствовала ещё бо́льший страх и проворча́ла:

— Рррр…

Some time went by, as much as it would take to gnaw down a good bone; the cry was not repeated. Little by little Auntie calmed down and dozed off. She dreamed of two big black dogs, with patches of last year's hair on their hips and sides; they were greedily eating up the slops from a wash tub, from which was coming white steam and a very tasty smell; occasionally the dogs looked back at Auntie, bared their teeth and growled, "We're not giving you any!" But a peasant in a fur coat came running out of the house and chased them away with a lash; then Auntie went up to the wash tub and began eating, but as soon as the peasant went through the gate, both black dogs threw themselves at her with a roar, and suddenly again resounded the piercing cry:

"K-ge! K-ge-ge," cried Ivan Ivanych.

Auntie awoke, hopped up, and without leaving the mattress let out a yelping bark. It sounded to her that it wasn't Ivan Ivanych but someone else, an outsider. And for some reason the pig snorted in the shed again.

The shuffling of slippers was heard and the master in his robe came into the room with a candle. A flickering light bounced along the dirty wallpaper and along the ceiling, and chased away the dark. Auntie saw that there was no outsider in the room. Ivan Ivanych was sitting on the floor but not sleeping. His wings were spread out and his beak was open, and he generally looked as if he was very tired and thirsty. Old Fyodor Timofeyich was also not sleeping. It had to be that he had been awakened by the cry.

"Ivan Ivanych, what's going on with you?" the master asked the goose. "Why are you yelling? Are you sick?"

The goose was silent. The master touched him on his neck, stroked his back and said: "You're an odd fellow. You don't sleep yourself, and you don't let others either."

When the master left and carried the light out with him, the darkness started again. It was frightening to Auntie. The goose was not crying out, but she again began to feel that in the darkness there was a stranger standing there. Most terrible of all was that it was impossible to bite this stranger, as he was invisible and formless. For some reason she thought that tonight there had to be something very bad coming for sure. Fyodor Timofeyich was

Прошло́ немно́го вре́мени, ско́лько его́ тре́буется на то, что́бы обглода́ть хоро́шую кость; крик не повторя́лся. Тётка ма́ло-пома́лу успоко́илась и задрема́ла. Ей присни́лись две больши́е чёрные соба́ки с кло́чьями прошлого́дней ше́рсти на бёдрах и на бока́х; они́ из большо́й лоха́ни с жа́дностью е́ли помо́и, от кото́рых шёл бе́лый пар и о́чень вку́сный за́пах; и́зредка они́ огля́дывались на Тётку, ска́лили зу́бы и ворча́ли: «А тебе́ мы не дади́м!» Но и́з дому вы́бежал мужи́к в шу́бе и прогна́л их кнуто́м; тогда́ Тётка подошла́ к лоха́ни и ста́ла ку́шать, но, как то́лько мужи́к ушёл за воро́та, о́бе чёрные соба́ки с ре́вом бро́сились на неё, и вдруг опя́ть разда́лся пронзи́тельный крик.

— К-ге! К-ге-ге! — кри́кнул Ива́н Ива́ныч.

Тётка просну́лась, вскочи́ла и, не сходя́ с матра́сика, залила́сь во́ющим ла́ем. Ей уже́ каза́лось, что кричи́т не Ива́н Ива́ныч, а кто-то друго́й, посторо́нний. И почему́-то в сара́йчике опя́ть хрю́кнула свинья́.

Но вот послы́шалось ша́рканье ту́фель, и в ко́мнатку вошёл хозя́ин в хала́те и со свечо́й. Мелька́ющий свет запры́гал по гря́зным обо́ям и по потолку́ и прогна́л потёмки. Тётка уви́дела, что в ко́мнатке нет никого́ посторо́ннего. Ива́н Ива́ныч сиде́л на полу́ и не спал. Кры́лья у него́ бы́ли растопы́рены и клюв раскры́т, и вообще́ он име́л тако́й вид, как бу́дто о́чень утоми́лся и хоте́л пить. Ста́рый Фёдор Тимофе́ич то́же не спал. Должно́ быть, и он был разбу́жен кри́ком.

— Ива́н Ива́ныч, что с тобо́й? — спроси́л хозя́ин у гу́ся. — Что ты кричи́шь! Ты бо́лен?

Гусь молча́л. Хозя́ин потро́гал его́ за ше́ю, погла́дил по спине́ и сказа́л:

— Ты чуда́к. И сам не спишь, и други́м не даёшь.

Когда́ хозя́ин вы́шел и унёс с собо́ю свет, опя́ть наступи́ли потёмки. Тётке бы́ло стра́шно. Гусь не крича́л, но ей опя́ть ста́ло чу́диться, что в потёмках стои́т кто-то чужо́й. Страшне́е всего́ бы́ло то, что э́того чужо́го нельзя́ бы́ло укуси́ть, так как он был неви́дим и не име́л фо́рмы. И почему́-то она́ ду́мала, что в э́ту ночь должно́ непреме́нно произойти́ что́-то о́чень худо́е. Фёдор

also very disturbed. Auntie heard how he fussed on his mattress, yawned, and shook his head.

Somewhere outside there was a knocking at a gate, and the pig grunted in the shed. Auntie began to whine, stretched out her front paws and laid her head on them. In the knocking of the gate, in the grunting of the pig, who for some reason was not sleeping, in the darkness and quiet, she felt something as miserable and frightening as Ivan Ivanych's cry. Everything was upset and anxious, but why? Who was this stranger that couldn't be seen? Here, close to Auntie, two dull green sparks blinked for a moment. Fyodor Timofeyich for the first time in their acquaintance had come up to her. What did he need? Auntie licked his paw and, not asking why he had come, quietly whimpered in various tones.

"K-ge!" cried Ivan Ivanych. "K-ge-ge."

The door opened again and the master entered with a candle. The goose was sitting in the same position with a gaping beak and spread-out wings. His eyes were closed.

"Ivan Ivanych!" called the master.

The goose didn't move. The master sat before him on the floor, looked at him a minute in silence, and said, "Ivan Ivanych! What's all this? Are you dying? Oh, I remember now, I remember!" he cried out and clutched his head. "I know why this is. It's because the horse stepped on you today. My God, my God!"

Auntie didn't understand what the master was saying, but by his face she saw that he also was expecting something awful. She stretched out her muzzle toward the dark window through which, as it seemed to her, some stranger was looking, and howled.

"He's dying, Auntie!" said the master, throwing up his hands. "Yes, yes, he's dying! Death has come to your room. What are we going to do?"

The pale, alarmed master, sighing and shaking his head, returned to his bedroom. Auntie was terrified to be left in the dark and she followed after him. He sat on the bed and repeated several times:

"My God, what's to be done?"

Тимофе́ич то́же был непоко́ен. Тётка слы́шала, как он вози́лся на своём матрасике, зева́л и встря́хивал голово́й.

Где́-то на у́лице застуча́ли в воро́та, и в сара́йчике хрю́кнула свинья́. Тётка заскули́ла, протяну́ла пере́дние ла́пы и положи́ла на них го́лову. В сту́ке воро́т, в хрю́канье не спа́вшей почему́-то свиньи́, в потёмках и в тишине́ почу́дилось ей что́-то тако́е же тоскли́вое и стра́шное, как в кри́ке Ива́на Ива́ныча. Всё бы́ло в трево́ге и в беспоко́йстве, но отчего́? Кто э́тот чужо́й, кото́рого не́ бы́ло ви́дно? Вот о́коло Тётки на мгнове́ние вспы́хнули две ту́склые зелёные и́скорки. Э́то в пе́рвый раз за всё вре́мя знако́мства подошёл к ней Фёдор Тимофе́ич. Что ему́ ну́жно бы́ло? Тётка лизну́ла ему́ ла́пу и, не спра́шивая, заче́м он пришёл, завы́ла ти́хо и на ра́зные голоса́.

— К-ге! — кри́кнул Ива́н Ива́ныч. — К-ге-ге!

Опя́ть отвори́лась дверь, и вошёл хозя́ин со свечо́й. Гусь сиде́л в пре́жней по́зе, с рази́нутым клю́вом и растопы́рив кры́лья. Глаза́ у него́ бы́ли закры́ты.

— Ива́н Ива́ныч! — позва́л хозя́ин.

Гусь не шевельну́лся. Хозя́ин сел пе́ред ним на полу́, мину́ту гляде́л на него́ мо́лча и сказа́л:

— Ива́н Ива́ныч! Что же э́то тако́е? Умира́ешь ты, что ли? Ах, я тепе́рь вспо́мнил, вспо́мнил! — вскри́кнул он и схвати́л себя́ за го́лову. — Я зна́ю, отчего́ э́то! Э́то оттого́, что сего́дня на тебя́ наступи́ла ло́шадь! Бо́же мой, бо́же мой!

Тётка не понима́ла, что говори́т хозя́ин, но по его́ лицу́ ви́дела, что и он ждёт чего́-то ужа́сного. Она́ протяну́ла мо́рду к тёмному окну́, в кото́рое, как каза́лось ей, гляде́л кто-то чужо́й, и завы́ла.

— Он умира́ет, Тётка! — сказа́л хозя́ин и всплесну́л рука́ми. — Да, да, умира́ет! К вам в ко́мнату пришла́ смерть. Что нам де́лать?

Бле́дный, встрево́женный хозя́ин, вздыха́я и пока́чивая голово́й, верну́лся к себе́ в спа́льню. Тётке жу́тко бы́ло остава́ться в потёмках, и она́ пошла́ за ним. Он сел на крова́ть и не́сколько раз повтори́л:

— Бо́же мой, что же де́лать?

Auntie walked about his legs, and, not understanding why she was in such misery and why everything was so agitated, tried to understand and followed each of his movements. Fyodor Timofeyich, who rarely abandoned his mattress, also came into the master's bedroom and began rubbing himself against his legs. He shook his head, as if he wanted to shake the heavy thoughts out of it, and peeped suspiciously under the bed.

The master took a small dish, filled it with water from the wash stand, and again went to the goose.

"Drink, Ivan Ivanych," he said tenderly, placing the dish before him. "Drink, my friend."

But Ivan Ivanych didn't move or open his eyes. The master bent his head to the dish and dipped his beak into the water, but the goose didn't drink, and spread his wings even wider, and his head remained lying in the dish.

"No, there's nothing left to do!" sighed the master. "It's all over. Ivan Ivanych is gone!"

And down his cheeks crawled the little shining drops that appear on windows in rainy weather. Not understanding what was the matter, Auntie and Fyodor Timofeyich pressed up to him and looked with terror at the goose.

"Poor Ivan Ivanych!" said the master, sighing sadly. "I was dreaming that in the spring I would take you to the countryside and roam with you on the green grass. Sweet animal, good comrade, you're no more! How am I going to get along without you?"

It seemed to Auntie that what was happening was the very thing that would also happen to her – that she too, for some unknown reason, would close her eyes, stick out her paws, set her mouth agape, and everyone would look at her with terror. Evidently such thoughts were running through Fyodor Timofeyich's head too. Never before had the old cat been so gloomy and grim as now.

At sunrise the invisible stranger who had so frightened Auntie was no longer in the room. When it became completely light, the yard man came in, picked up the goose by the legs and took him away somewhere. A little later the old lady appeared and took away the trough.

Тётка ходи́ла о́коло его́ ноги́, не понима́я, отчего́ э́то у неё така́я тоска́ и отчего́ все так беспоко́ятся, и стара́ясь поня́ть, следи́ла за ка́ждым его́ движе́нием. Фёдор Тимофе́ич, ре́дко покида́вший свой матра́сик, то́же вошёл в спа́льню хозя́ина и стал тере́ться о́коло его́ ног. Он встря́хивал голово́й, как бу́дто хоте́л вы́тряхнуть из неё тяжёлые мы́сли, и подозри́тельно загля́дывал под крова́ть.

Хозя́ин взял блю́дечко, нали́л в него́ из рукомо́йника воды́ и опя́ть пошёл к гу́сю.

— Пей, Ива́н Ива́ныч! — сказа́л он не́жно, ста́вя пе́ред ним блю́дечко. — Пей, голу́бчик.

Но Ива́н Ива́ныч не шевели́лся и не открыва́л глаз. Хозя́ин пригну́л его́ го́лову к блю́дечку и окуну́л клюв в во́ду, но гусь не пил, ещё ши́ре расто́пырил кры́лья, и голова́ его́ так и оста́лась лежа́ть в блю́дечке.

— Нет, ничего́ уже́ нельзя́ сде́лать! — вздохну́л хозя́ин. — Всё ко́нчено. Пропа́л Ива́н Ива́ныч!

И по его́ щека́м поползли́ вниз блестя́щие ка́пельки, каки́е быва́ют на о́кнах во вре́мя дождя́. Не понима́я, в чём де́ло, Тётка и Фёдор Тимофе́ич жа́лись к нему́ и с у́жасом смотре́ли на гу́ся.

— Бе́дный Ива́н Ива́ныч! — говори́л хозя́ин, печа́льно вздыха́я. — А я-то мечта́л, что весно́й повезу́ тебя́ на да́чу и бу́ду гуля́ть с тобо́й по зелёной тра́вке. Ми́лое живо́тное, хоро́ший мой това́рищ, тебя́ уже́ нет! Как же я тепе́рь бу́ду обходи́ться без тебя́?

Тётке каза́лось, что и с не́ю случи́тся то же са́мое, то́ есть что и она́ то́же вот так, неизве́стно отчего́, закро́ет глаза́, протя́нет ла́пы, оска́лит рот, и все на неё бу́дут смотре́ть с у́жасом. По-ви́димому, таки́е же мы́сли броди́ли и в голове́ Фёдора Тимофе́ича. Никогда́ ра́ньше ста́рый кот не́ был так угрю́м и мра́чен, как тепе́рь.

Начина́лся рассве́т, и в ко́мнатке уже́ не́ было того́ неви́димого чужо́го, кото́рый пуга́л так Тётку. Когда́ совсе́м рассвело́, пришёл дво́рник, взял гу́ся за ла́пы и унёс его́ куда́-то. А немно́го погодя́ яви́лась стару́ха и вы́несла коры́тце.

Auntie went into the living-room and looked behind the cupboard: the master hadn't eaten the chicken foot; it lay in its place, in the dust and among cobwebs. But Auntie was dull and sad, and wanted to cry. She didn't even sniff the chicken foot but went under the couch, sat there and began whimpering quietly in a thin voice: "Sku-sku-sku …"

Тётка пошла́ в гости́ную и посмотре́ла за шкап: хозя́ин не ску́шал кури́ной ла́пки, она́ лежа́ла на своём ме́сте, в пыли́ и паути́не. Но Тётке бы́ло ску́чно, гру́стно и хоте́лось пла́кать. Она́ да́же не поню́хала ла́пки, а пошла́ под дива́н, се́ла там и начала́ скули́ть ти́хо, то́нким голоско́м:

— Ску-ску-ску...

Chapter 7
An Unsuccessful Debut

One fine evening the master walked into the little room with the dirty wallpaper and, rubbing his hands, said, "Well, sir ..."

He wanted to say something further, but he didn't and went out. Auntie, having excellently studied his face and intonations during the lessons, guessed that he was agitated, worried, and, it seemed, angry. In a little bit he returned and said, "Today I'm taking Auntie and Fyodor Timofeyich with me. In the Egyptian Pyramid today, you, Auntie, are taking the place of the late Ivan Ivanych. Goodness only knows! Nothing's ready or quite learned, there have been too few rehearsals! We'll disgrace ourselves, we'll be a flop!"

Then he again went out and in a minute returned in a fur coat and a top hat. Going up to the cat, he took him by the front legs, lifted him up and tucked him into his coat, about which Fyodor Timofeyich seemed very indifferent and didn't even go to the trouble of opening his eyes. For him, apparently, it was decidedly all the same to lie there or be lifted by the legs, sprawl on the mattress or rest on the master's chest under his coat.

"Auntie, come along," said the master.

Understanding nothing but wagging her tail, Auntie followed him. In a minute she was already sitting in a sleigh at the master's feet and heard him, shaking from the cold and agitation, muttering: "We'll disgrace ourselves! We'll be a flop!"

The sleigh stopped at a big strange house that resembled an overturned soup tureen. The house's long entrance with three glass doors was lit up by

Глава́ седьма́я
НЕУДА́ЧНЫЙ ДЕБЮ́Т

В оди́н прекра́сный ве́чер хозя́ин вошёл в ко́мнатку с гря́зными обо́ями и, потира́я ру́ки, сказа́л:

— Ну-с…

Что́-то он хоте́л ещё сказа́ть, но не сказа́л и вы́шел. Тётка, отли́чно изучи́вшая во вре́мя уро́ков его́ лицо́ и интона́цию, догада́лась, что он был взволно́ван, озабо́чен и, ка́жется, серди́т. Немно́го погодя́ он верну́лся и сказа́л:

— Сего́дня я возьму́ с собо́й Тётку и Фёдора Тимофе́ича. В еги́петской пирами́де ты, Тётка, заме́нишь сего́дня поко́йного Ива́на Ива́ныча. Чёрт зна́ет что! Ничего́ не гото́во, не вы́учено, репети́ций бы́ло ма́ло! Осрами́мся, прова́лимся!

Зате́м он опя́ть вы́шел и че́рез мину́ту верну́лся в шу́бе и в цили́ндре. Подойдя́ к коту́, он взял его́ за пере́дние ла́пы, подня́л и спря́тал его́ на груди́ под шу́бу, причём Фёдор Тимофе́ич каза́лся о́чень равноду́шным и да́же не потруди́лся откры́ть глаз. Для него́, по-ви́димому, бы́ло реши́тельно всё равно́: лежа́ть ли, и́ли быть по́днятым за но́ги, валя́ться ли на матра́сике, и́ли поко́иться на груди́ хозя́ина под шу́бой…

— Тётка, пойдём, — сказа́л хозя́ин.

Ничего́ не понима́я и виля́я хвосто́м, Тётка пошла́ за ним. Че́рез мину́ту она́ уже́ сиде́ла в саня́х о́коло ног хозя́ина и слу́шала, как он, пожима́ясь от хо́лода и волне́ния, бормота́л:

— Осрами́мся! Прова́лимся!

Са́ни останови́лись о́коло большо́го стра́нного до́ма, похо́жего на опроки́нутый су́пник. Дли́нный подъе́зд э́того до́ма с тремя́ стекля́нными

a dozen bright lanterns. The doors opened with a clatter and, like mouths, swallowed up the people who scurried about by the entrance. There were a lot of people, and horses were often trotting up to the entrance, but there were no dogs to be seen.

The master took Auntie into his arms and tucked her under his coat, against his chest, where Fyodor Timofeyich was. It was dark and stuffy in there, but warm. Two dull green sparks momentarily lit up – it was the cat opening his eyes, bothered by the cold, rough paws of his neighbor. Auntie licked his ear and, wanting to settle herself as comfortably as she could, fidgeted restlessly, kneading him with her cold paws, and accidentally stuck her head out of the coat, but right away she angrily growled and ducked back under the coat. It seemed to her that she had seen a huge, poorly lit room full of monsters; from behind the partitions and bars that stretched along both sides of the room, fearsome faces were looking out: horses with horns and long ears, and some sort of fat enormous face with a tail instead of a nose and two long, gnawed bones sticking out of its mouth.

The cat grumblingly meowed under Auntie's paws, but at this moment the coat swung open, the master said, "Hop!" and Fyodor Timofeyich and Auntie jumped to the floor. They were now in a small room with gray plank walls; there was no other furniture besides a small table with a mirror and a stool; rags were hanging in the corners; instead of a lamp or a candle, a bright fan-shaped little light was attached to a pipe driven into the wall. Fyodor Timofeyich licked his fur coat, which Auntie had mussed, went under the stool, and lay down. The master, still completely agitated and rubbing his hands, began undressing. He got undressed just as he usually undressed at home when getting ready to lie down under his flannel blanket, that is, he took off everything except his underwear, then sat down on the stool and, looking in the mirror, began doing amazing things to himself. First of all, he put a wig with a part and with two tufts resembling horns on his head, then he heavily smeared his face with something white, and over the white paint he painted brows, a mustache, and red on his cheeks. His undertakings didn't end with that. Having dirtied over his face and neck, he began dressing

дверя́ми был освещён дю́жиной я́рких фонаре́й. Две́ри со зво́ном отворя́лись и, как рты, глота́ли люде́й, кото́рые снова́ли у подъе́зда. Люде́й бы́ло мно́го, ча́сто к подъе́зду подбега́ли и ло́шади, но соба́к не́ было ви́дно.

Хозя́ин взял на ру́ки Тётку и су́нул её на грудь, под шу́бу, где находи́лся Фёдор Тимофе́ич. Тут бы́ло темно́ и ду́шно, но тепло́. На мгнове́ние вспы́хнули две ту́склые зелёные и́скорки — э́то откры́л глаза́ кот, обеспоко́енный холо́дными, жёсткими ла́пами сосе́дки. Тётка лизну́ла его́ у́хо и, жела́я усе́сться возмо́жно удо́бнее, беспоко́йно задви́галась, смя́ла его́ под себя́ холо́дными ла́пами и неча́янно вы́сунула и́з-под шу́бы го́лову, но то́тчас же серди́то заворча́ла и нырну́ла под шу́бу. Ей показа́лось, что она́ уви́дела грома́дную, пло́хо освещённую ко́мнату, по́лную чудо́вищ; и́з-за перегоро́док и решёток, кото́рые тяну́лись по обе стороны́ ко́мнаты, выгля́дывали стра́шные ро́жи: лошади́ные, рога́тые, длинноу́хие, и кака́я-то одна́ то́лстая, грома́дная ро́жа с хвосто́м вме́сто но́са и с двумя́ дли́нными обгло́данными костя́ми, торча́щими и́зо рта.

Кот си́пло замяу́кал под ла́пами Тётки, но в э́то вре́мя шу́ба распахну́лась, хозя́ин сказа́л «гоп!», и Фёдор Тимофе́ич с Тёткою пры́гнули на пол. Они́ уже́ бы́ли в ма́ленькой ко́мнате с се́рыми доща́тыми сте́нами; тут, кро́ме небольшо́го сто́лика с зе́ркалом, табуре́та и тряпья́, разве́шанного по угла́м, не́ было никако́й друго́й ме́бели, и, вме́сто ла́мпы и́ли свечи́, горе́л я́ркий веерообра́зный огонёк, приде́ланный к тру́бочке, вби́той в сте́ну. Фёдор Тимофе́ич облиза́л свою́ шу́бу, помя́тую Тёткой, пошёл под табуре́т и лёг. Хозя́ин, всё ещё волну́ясь и потира́я ру́ки, стал раздева́ться... Он разде́лся так, как обыкнове́нно раздева́лся у себя́ до́ма, гото́вясь лечь под ба́йковое одея́ло, то есть снял всё, кро́ме белья́, пото́м сел на табуре́т и, гля́дя в зе́ркало, на́чал выде́лывать над собо́й удиви́тельные шту́ки. Пре́жде всего́ он наде́л на го́лову пари́к с пробо́ром и с двумя́ вихра́ми, похо́жими на рога́, пото́м гу́сто нама́зал лицо́ чем-то бе́лым и сверх бе́лой кра́ски нарисова́л ещё бро́ви, усы́ и румя́ны. Зате́и его́ э́тим не ко́нчились. Опа́чкавши лицо́ и ше́ю, он стал облача́ться в како́й-то необыкнове́нный, ни с чем не сообра́зный костю́м, како́го Тётка никогда́ не вида́ла ра́ньше ни в дома́х,

in some kind of extraordinary costume that looked like nothing Auntie had ever seen before, not in houses nor on the street. Imagine for yourself wide pants sewn out of chintz with big flowers, such as is used in middle-class homes for curtains and upholstering furniture: pants that buttoned up under the armpits; one of the pant legs was sewn out of brown chintz, the other of bright yellow. Drowning in them, the master also put on a chintz jacket with a large ruffled collar and gold stars on the back, and varicolored stockings and green shoes ...

Auntie was dazzled, in her eyes and in her soul. From the white-faced baggy figure came the master's smell, his voice was also familiar, master-like, but there were moments when Auntie was tormented by doubts, when she was ready to run away from the gaudy figure and bark. The new place, the fan-like little light, the smell, the transformation that had occurred with the master – all this intensified in her a vague fear and the apprehension that she would certainly meet with some horror like that fat face with a tail instead of a nose. And beyond the wall, somewhere far off, the hateful music was playing, and from time to time an incomprehensible roar was heard. The only thing calming her was the unperturbed Fyodor Timofeyich. He very calmly dozed beneath the stool and didn't open his eyes, even when the stool was moved. A person in a tail coat and white vest looked into the room and said:

"Right now is Miss Arabella's entrance. After her, it's you."

The master didn't answer at all. He dragged out a small suitcase from under the table, sat down and started waiting. It was evident from his lips and hands that he was agitated, and Auntie heard his breathing tremble.

"Monsieur Georges, if you please!" cried someone behind the door.

The master stood up, crossed himself three times, then retrieved the cat from under the stool and put him into the suitcase.

"Come, Auntie!" he said softly.

Auntie, not understanding at all, walked into his arms; he kissed her on the head and placed her beside Fyodor Timofeyich. Then darkness came on ... Auntie stepped all over the cat, scratched at the sides of the suitcase and

ни на у́лице. Предста́вьте вы себе́ широча́йшие пантало́ны, сши́тые из си́тца с кру́пными цвета́ми, како́й употребля́ется в меща́нских дома́х для занаве́сок и оби́вки ме́бели, пантало́ны, кото́рые застёгиваются у са́мых подмы́шек; одна́ пантало́на сши́та из кори́чневого си́тца, друга́я из светло-жёлтого. Утону́вши в них, хозя́ин наде́л ещё си́тцевую ку́рточку с больши́м зу́бчатым воротнико́м и с золото́й звездо́й на спине́, разноцве́тные чулки́ и зелёные башмаки́...

У Тётки запестри́ло в глаза́х и в душе́. От белоли́цей мешкова́той фигу́ры па́хло хозя́ином, го́лос у неё был то́же знако́мый, хозя́йский, но быва́ли мину́ты, когда́ Тётку му́чили сомне́ния, и тогда́ она́ гото́ва была́ бежа́ть от пёстрой фигу́ры и ла́ять. Но́вое ме́сто, веерообра́зный огонёк, за́пах метаморфо́за, случи́вшаяся с хозя́ином, — всё э́то вселя́ло в неё неопределённый страх и предчу́вствие, что она́ непреме́нно встре́тится с каки́м-нибу́дь у́жасом вро́де то́лстой ро́жи с хвосто́м вме́сто но́са. А тут ещё где́-то за стено́й далеко́ игра́ла ненави́стная му́зыка и слы́шался времена́ми непоня́тный рёв. Одно́ то́лько и успока́ивало её — э́то невозмути́мость Фёдора Тимофе́ича. Он преспоко́йно дрема́л под табуре́том и не открыва́л глаз, да́же когда́ дви́гался табуре́т.

Како́й-то челове́к во фра́ке и в бе́лой жиле́тке загляну́л в ко́мнатку и сказа́л:

Сейча́с вы́ход мисс Арабе́ллы. По́сле неё — вы.

Хозя́ин ничего́ не отве́тил. Он вы́тащил из-под стола́ небольшо́й чемода́н, сел и стал ждать. По губа́м и по рука́м его́ бы́ло заме́тно, что он волнова́лся, и Тётка слы́шала, как дрожа́ло его́ дыха́ние.

— M-r Жорж, пожа́луйте! — кри́кнул кто-то за две́рью.

Хозя́ин встал и три ра́за перекрести́лся, пото́м доста́л из-под табуре́та кота́ и су́нул его́ в чемода́н.

— Иди́, Тётка! — сказа́л он ти́хо.

Тётка, ничего́ не понима́я, подошла́ к его́ рука́м; он поцелова́л её в го́лову и положи́л ря́дом с Фёдором Тимофе́ичем. Заси́м наступи́ли потёмки... Тётка

from terror could not utter a sound, as the suitcase rocked, as if on waves, and shook ...

"Here I am!" loudly cried the master. "Here I am!"

After this cry, Auntie felt the suitcase hit something hard, and it stopped rocking. A loud deep roar was heard: something was being smacked, and this something, probably the face with the tail instead of a nose, roared and chortled so loudly that the locks of the suitcase trembled. In answer to the resounding roar, the master emitted a squealing laughter that he never laughed at home.

"Ha!" he shouted, trying to outcry the roar. "Estimable audience! I'm just here from the station! My granny died and left me an inheritance! There's something very heavy in my suitcase. Obviously it's gold ... Ha-ha! What if there's a million here? We'll open it and look right now."

Within the suitcase the lock clicked. A bright light struck Auntie in the eyes; she hopped down out of the suitcase and, deafened by the roar, she quickly, full speed, ran around her master and began yelping loudly.

"Ha!" cried the master. "Uncle Fyodor Timofeyich! Dear Auntie! Dear relatives, devil take you!"

He fell onto his belly to the sandy ground, seized the cat and Auntie and took to hugging them. Auntie, while he pressed her in his embrace, glanced all around at the world to which fate had brought her, and was struck by its grandeur, and for a moment froze in amazement and delight, then tore away from the master's hugging, and from the keenness of her impressions, she spun around on the spot. The new world was superb and full of bright light; no matter where you looked, everywhere, from the floor to the ceiling, the only things to see were faces, faces, faces and nothing else.

"Auntie, I ask you to sit," the master cried.

Remembering what this meant, Auntie jumped up onto the chair and sat down. She looked at the master. His eyes, as always, looked serious and tender, but his face, especially his mouth and teeth, were disfigured with a wide, unmoving smile. He himself was chortling, hopping, twitching his shoulders, and making as if he was very jolly in the presence of a thousand

топта́лась по коту́, цара́пала сте́нки чемода́на и от у́жаса не могла́ произнести́ ни зву́ка, а чемода́н пока́чивался, как на волна́х, и дрожа́л...

— А вот и я! — гро́мко кри́кнул хозя́ин. — А вот и я!

Тётка почу́вствовала, что по́сле э́того кри́ка чемода́н уда́рился о что́-то твёрдое и переста́л кача́ться. Послы́шался гро́мкий густо́й рёв: по ком-то хло́пали, и э́тот кто-то, вероя́тно ро́жа с хвосто́м вме́сто но́са, реве́л и хохота́л так гро́мко, что задрожа́ли замо́чки у чемода́на. В отве́т на рёв разда́лся пронзи́тельный, визгли́вый смех хозя́ина, каки́м он никогда́ не смея́лся до́ма.

— Га! — кри́кнул он, стара́ясь перекрича́ть рёв. — Почте́ннейшая пу́блика! Я сейча́с то́лько с вокза́ла! У меня́ издо́хла ба́бушка и оста́вила мне насле́дство! В чемода́не что́-то о́чень тяжёлое — очеви́дно, зо́лото... Га-а! И вдруг здесь миллио́н! Сейча́с мы откро́ем и посмо́трим...

В чемода́не щёлкнул замо́к. Я́ркий свет уда́рил Тётку по глаза́м; она́ пры́гнула вон из чемода́на и, оглушённая рёвом, бы́стро, во всю прыть забе́гала вокру́г своего́ хозя́ина и залила́сь зво́нким ла́ем.

— Га! — закрича́л хозя́ин. — Дя́дюшка Фёдор Тимофе́ич! Дорога́я тётушка! Ми́лые ро́дственники, чёрт бы вас взял!

Он упа́л живото́м на песо́к, схвати́л кота́ и Тётку и приня́лся обнима́ть их. Тётка, пока́ он ти́скал её в свои́х объя́тиях, мелько́м огляде́ла тот мир, в кото́рый занесла́ её судьба́, и, поражённая его́ грандио́зностью, на мину́ту засты́ла от удивле́ния и восто́рга, пото́м вы́рвалась из объя́тий хозя́ина и от остроты́ впечатле́ния, как волчо́к, закружи́лась на одно́м ме́сте. Но́вый мир был вели́к и по́лон я́ркого све́та; куда́ ни взгля́нешь, всю́ду, от по́ла до потолка́, видны́ бы́ли одни́ то́лько ли́ца, ли́ца, ли́ца и бо́льше ничего́.

— Тётушка, прошу́ вас сесть! — кри́кнул хозя́ин.

По́мня, что э́то зна́чит, Тётка вскочи́ла на стул и се́ла. Она́ погляде́ла на хозя́ина. Глаза́ его́, как всегда́, гляде́ли серьёзно и ла́сково, но лицо́, в осо́бенности рот и зу́бы, бы́ли изуро́дованы широ́кой неподви́жной улы́бкой. Сам он хохота́л, пры́гал, подёргивал плеча́ми и де́лал вид, что ему́ о́чень ве́село в прису́тствии ты́сячей лиц. Тётка пове́рила его́ весёлости, вдруг почу́вствовала

faces. Auntie believed in his jolliness and suddenly felt with her whole body that these thousand faces were looking at her, and she raised her foxy muzzle and joyfully howled.

"Sit yourself down, Auntie," the master said to her, "while Uncle and I dance the Karaminsky."

Fyodor Timofeyich, in expectation of when he would be made to do something stupid, stood and indifferently looked to the sides. He danced sluggishly, carelessly, grouchily, and it was apparent by his movements and by his tail and his whiskers that he deeply despised the crowd, the bright light, the master and himself ... Having danced through his piece, he yawned and sat down.

"Well, Auntie," said the master, "we'll start with singing, and then we'll dance. All right?"

He took a little pipe out of his pocket and began playing it. Auntie, not able to bear the music, fidgeted restlessly on the chair and howled. A roar was heard and applause from all sides. The master bowed and when everything quieted down, went on playing ... Just when he was playing one very high note, somewhere way up amid the audience someone loudly gasped.

"*Auntie?*" cried a child's voice. "But that's Kashtanka!"

"It *is* Kashtanka!" affirmed a drunken rattling tenor. "Kashtanka! Fedyushka, it is, strike me dead, Kashtanka! *Phweet!*"

Someone in the gallery whistled, and two voices, one a child's, the other a man's, loudly cried, "Kashtanka! Kashtanka!"

Auntie shuddered and looked up at where they were calling from. Two faces – one hairy, drunken, and smirking, the other, a chubby, red-cheeked, frightened one – struck her in the eyes the way the bright light had struck her earlier. ... She remembered and fell off the chair, struggling on the sand, then hopped up and with a joyful squeal dashed toward those faces. An overwhelming roar resounded, penetrated through with whistles and the piercing, childish cry: "Kashtanka! Kashtanka!"

Auntie jumped across the barrier, then across someone's shoulder, and found herself in a lower balcony; in order to get onto the next tier, Auntie

всем свои́м те́лом, что на неё смо́трят э́ти ты́сячи лиц, подняла́ вверх свою́ ли́сью мо́рду и ра́достно завы́ла.

— Вы, Тётушка, посиди́те, — сказа́л ей хозя́ин, — а мы с дя́дюшкой попля́шем кама́ринского.

Фёдор Тимофе́ич в ожида́нии, когда́ его́ заста́вят де́лать глу́пости, стоя́л и равноду́шно погля́дывал по сторона́м. Пляса́л он вя́ло, небре́жно, угрю́мо, и ви́дно бы́ло по его́ движе́ниям, по хвосту́ и по уса́м, что он глубоко́ презира́л и толпу́, и я́ркий свет, и хозя́ина, и себя́... Протанцева́в свою́ по́рцию, он зевну́л и сел.

— Ну-с, Тётушка, — сказа́л хозя́ин, — снача́ла мы с ва́ми споём, а пото́м попля́шем. Хорошо́?

Он вы́нул из карма́на ду́дочку и заигра́л. Тётка, не вынося́ му́зыки, беспоко́йно задви́галась на сту́ле и завы́ла. Со всех сторо́н послы́шались рёв и аплодисме́нты. Хозя́ин поклони́лся и, когда́ всё сти́хло, продолжа́л игра́ть... Во вре́мя исполне́ния одно́й о́чень высо́кой но́ты где́-то наверху́ среди́ пу́блики кто́-то гро́мко а́хнул.

— Тя́тька! — кри́кнул де́тский го́лос. — А ведь э́то Кашта́нка!

— Кашта́нка и есть! — подтверди́л пья́ненький дребезжа́щий теноро́к. — Кашта́нка! Федю́шка э́то, накажи́ бог, Кашта́нка! Фюйть!

Кто́-то на галере́е сви́стнул, и два го́лоса, оди́н — де́тский, друго́й — мужско́й, гро́мко позва́ли:

— Кашта́нка! Кашта́нка!

Тётка вздро́гнула и посмотре́ла туда́, где крича́ли. Два лица́: одно́ волоса́тое, пья́ное и ухмыля́ющееся, друго́е — пу́хлое, краснощёкое и испу́ганное — уда́рили её по глаза́м, как ра́ньше уда́рил я́ркий свет... Она́ вспо́мнила, упа́ла со сту́ла и заби́лась на песке́, пото́м вскочи́ла и с ра́достным ви́згом бро́силась к э́тим ли́цам. Разда́лся оглуши́тельный рёв, прони́занный наскво́зь свистка́ми и пронзи́тельным де́тским кри́ком:

— Кашта́нка! Кашта́нка!

Тётка пры́гнула че́рез барье́р, пото́м че́рез чьё́-то плечо́, очути́лась в ло́же; что́бы попа́сть в сле́дующий я́рус, ну́жно бы́ло перескочи́ть высо́кую сте́ну;

had to hop over a high wall. She jumped but couldn't jump high enough, and slipped back down the wall. Then she was passed from hand to hand, licking some hands and faces, and moved along higher and higher, and finally reached the gallery.

A half-hour later, Kashtanka was already walking down the street after the people from whom came the smell of glue and lacquer. Luka Aleksandrych was staggering, and by instinct, having learned from experience, trying to keep himself as far as possible from the gutter.

"In an abyss of sin, I wallow …" he muttered. "But you, Kashtanka, compared to a person, are a perplexity, as opposite a person as a carpenter is opposite to a joiner."

Fedyushka, in his father's cap, walked along with him. Kashtanka looked at both their backs, and it seemed to her that she had been walking joyfully with them for a long time and that her life had not been interrupted for a minute.

She remembered the little room with the dirty wallpaper, the goose, Fyodor Timofeyich, the tasty dinners, the lessons, the circus, but all that now seemed to her like a long, tangled, heavy dream …

Тётка пры́гнула, но не допры́гнула и поползла́ наза́д по стене́. Зате́м она́ переходи́ла с рук на ру́ки, лиза́ла чьи-то ру́ки и ли́ца, подвига́лась всё вы́ше и вы́ше и наконе́ц попа́ла на галёрку...

Спустя́ полчаса́ Кашта́нка шла уже́ по у́лице за людьми́, от кото́рых па́хло кле́ем и ла́ком. Лука́ Алекса́ндрыч пока́чивался и инстинкти́вно, нау́ченный о́пытом, стара́лся держа́ться пода́льше от кана́вы.

— В бе́здне грехо́вней валя́юся во утро́бе мое́й... — бормота́л он. — А ты, Кашта́нка, — недоуме́ние. Супроти́в челове́ка ты всё равно́, что пло́тник супроти́в столяра́.

Ря́дом с ним шага́л Федю́шка в отцо́вском картузе́. Кашта́нка гляде́ла им обо́им в спи́ны, и ей каза́лось, что она́ давно́ уже́ идёт за ни́ми и ра́дуется, что жизнь её не обрыва́лась ни на мину́ту.

Вспомина́ла она́ ко́мнатку с гря́зными обо́ями, гу́ся, Фёдора Тимофе́ича, вку́сные обе́ды, уче́нье, цирк, но всё э́то представля́лось ей тепе́рь, как дли́нный, перепу́танный, тяжёлый сон...

www.ingramcontent.com/pod-product-compliance
Lightning Source LLC
Chambersburg PA
CBHW061501210726
48287CB00007B/2605